AF300397

DISCOURS

SUR

LA SATYRE

CONTRE

LES PHILOSOPHES,

Représentée par une Troupe qu'un Poëte Philosophe fait vivre, & approuvée par un Académicien qui a des Philosophes pour Collégues. Par l'abbé Coyer

A ATHENES,

Chez le Libraire anti-Philosophe.

M. DCC LX.

CATALOGUE

Des différentes Piéces qui ont paru pour & contre les Philoſophes Modernes.

PEtites Lettres ſur des grands Philoſophes.

Lettre de l'Auteur de la Comédie des Philoſophes, pour ſervir de Préface à la Piéce.

Les Philoſophes, Comédie.

Les Philoſophes manqués, Comédie critique, en un Acte & en Proſe.

Les *Quand* adreſſés à M. Paliſſot, & publiés par lui-même.

Les *Si* & les *Mais.*

Le Philoſophe ami de tout le monde.

Le Conſeil des Lanternes, ou l'épouvantable Viſion de M. Paliſſot.

Lettres de M. de Voltaire à M. Paliſſot, avec les Réponſes.

Diſcours contre la Satyre des Philoſophes.

La Réponſe aux différens Ecrits contre la Comédie des Philoſophes.

DISCOURS

SUR

LA SATYRE

CONTRE

LES PHILOSOPHES,

Repréſentée par une Troupe qu'un Poëte Philoſophe fait vivre, & approuvée par un Académicien qui a des Philoſophes pour Col-légues.

L ne s'agit pas ici d'exa-miner ſi une foible copie des *Femmes Savantes* de Moliere, ſi une Piéce d'eſprit ſans

A ij

génie, fi une Satyre perfonnelle mife en Scènes, fi une Comédie, qui n'en eft point une, a mérité des applaudiffemens.

L'affluencé des Spectateurs ne prouve pas toujours la bonté d'une Piéce. Lorfqu'on s'élevoit contre *Defcartes*, qui nous apprenoit à raifonner, fi un Turlupin s'étoit avifé de le jouer fur le Théâtre, ce Turlupin auroit eu des rieurs : tel eft l'effet de la malignité humaine, fur-tout lorfqu'elle eft mife en fermentation par l'efprit de parti. On affure que des Prudes, qui avoient toujours fui les Spectacles, ont couru à celui-ci par une délibération de leur confeil de confcience.

Si l'Auteur avoit confulté fa

(5)

gloire & la poſtérité, plus que le
malin plaiſir d'une Satyre éphé-
mère, il n'auroit pas choiſi un
pareil ſujet. Quand Moliere donna
les Femmes Savantes, *on crai-
gnoit*, dit l'Hiſtorien de ſa vie,
*que ce divertiſſement ne fût ſec,
peu intéreſſant, & convenable ſeulement à des Gens de Lettres :* ce-
pendant la ſcience dans les femmes
peut prêter au ridicule, ſoit par
les écarts d'une imagination trop
vive, ſoit par le préjugé où
l'on eſt que la ſcience n'eſt point
faite pour elles ; au lieu que les
ſpéculations des Philoſophes, fauſſes ſi l'on veut, dangéreuſes même,
ne prendront jamais la teinture du
vrai ridicule. Moliere ſe tira de la
ſéchereſſe de ſon ſujet, & ce ne fut

A iij

point en jouant les perſonnes, comme bien des gens le croyent. Il peignit la nature, qui eſt partout la même ; c'eſt le ſecret de réuſſir pour tous les pays & pour tous les tems. Mais c'étoit Moliere. On a ri aux *Philoſophes* : mais la poſtérité y rira-t-elle, comme on rit & on rira toujours aux *Femmes Savantes ?* On a ri dans la Capitale : mais rira-t-on en Province, ou dans les Pays Etrangers, ſi un Ecolier ne ſachant que faire, vouloit perdre ſon tems à traduire la Piéce? Laiſſons cette déciſion aux Juges périodiques des Ouvrages d'eſprit.

Il eſt queſtion d'un plus grand intérêt, *de l'honnêteté publique.* On peut ſe conſoler d'une mauvaiſe

Comédie : mais le repos des citoyens eſt précieux. L'honnêteté
publique a-t-elle été bleſſée dans la
Piéce des Philoſophes ? C'eſt le
point qu'il faut éclaircir, non pour
réparer le mal qui eſt fait, mais
pour prévenir celui qui pourroit
ſe faire.

Le Théâtre à ſes régles de morale comme d'amuſement. Dans
les tableaux qu'il préſente pour
corriger les vices, il ne doit em-
ployer que des traits généraux;
les perſonnels ſont exclus. Les
avis peuvent ſe partager ſur le
mérite dramatique d'un Auteur.
Pradon lui-même eut ſes partiſans:
mais on convient généralement
que dans la Piéce des Philoſophes,
les perſonnes ont été jouées; &

c'eſt convenir que l'honnêteté publique a ſouffert.

Ariſtophane, dans ſes Comédies,
nommoit les maſques. C'eſt un
ſoin ſuperflu, lorſque les maſques
repréſentent au naturel. Perſonne
ne s'eſt mépris aux Philoſophes;
& chacun voyoit la Satyre à leur
pourſuite. L'Auteur a bien ſenti
qu'il s'armoit en guerre, qu'il alloit attaquer tel & tel.

. . . . Non nos odium, regnique cupide
Compulit ad bellum.

C'eſt une apologie anticipée,
qu'il a gravée lui-même au Fron-
tiſpice de ſonOuvrage. *Ce n'eſt ni*
la haine, dit-il, *ni l'envie de régner*
qui m'ont mis les armes à la main.
Quand *la haine,* ou quelqu'autre
paſſion auſſi furieuſe n'échauffe pas

la veine d'un verſificateur, il reprend les choſes, il épargne les
perſonnes. Pour *l'envie de régner*
(au Parnaſſe ſans doute), on ne
l'en ſoupçonne pas. Il faudroit
montrer des titres.

Le ſuccès des *Femmes Savantes*
de Moliere a peut-être ſéduit le
Satyrique des *Philoſophes*. Je de-
mande pardon aux gens de goût,
ſi je mets en paralelle deux productions qui ſe reſſemblent ſi peu,
un ſquelette décharné avec un
corps plein de vie & d'agrémens:
un propos qu'on affecte de répandre dans le public m'y oblige. Des
gens qui ne voudroient voir dans
l'Etat ni Philoſophes, ni Femmes
Savantes : d'autres qui ont été
bleſſés d'un certain ton, d'une

certaine fermeté d'expreſſion, qui échappent quelquefois aux enſeignemens philoſophiques, prétendent juſtifier leur champion par un grand exemple : Moliere, diſent-ils, a joué les perſonnes dans les Femmes Savantes. Pourquoi ne les joueroit-on pas dans les Philoſophes ?

Si Moliere a joué les perſonnes, il étoit coupable ; & on auroit dû prévenir le crime. Mais tant d'autres faits paſſent pour vrais ſans vérité : celui-ci ne ſeroit-il point du nombre ? La Philoſophe *Armande*, la ridicule *Philaminte*, la viſionnaire *Béliſe*, étoient-ce des perſonnages, d'après nature, à ne pas s'y méprendre ?

Les Mémoires du tems nous apprennent qu'il y avoit dans Paris pluſieurs Maiſons où les Lettres étoient accueillies. Des Femmes reſpectables à qui la fortune permettoit de diſpoſer de leur loiſir, au lieu de courir d'un ennui à l'autre dans des cercles de viſite, au lieu de s'occuper à ruiner ou à déshonorer leurs Maris, ſacrifioient aux Muſes. Ces Académies de ſociété formoient de bons & de mauvais originaux. Quand on eut joué les Femmes Savantes, le Public chercha à nommer les maſques ; mais il y fut embarraſſé. C'eſt l'Hôtel de *Rambouillet* qu'on a joué, diſoit l'un : non, reprenoit l'autre, c'eſt celui de *Rohan* : vous vous trompez, crioit un troiſiéme, cherchez les maſques au Palais de

Luxembourg ; & ces mafques ,
quels qu'ils fuffent, fe reconnoiffoient encore moins que le Public
ne les reconnoiffoit. Chaque fo-
ciété prétendoit qu'on avoit joué
l'autre ; & dans cette généralité
les vrais perfonnages reftoient fous
le mafque.

Moliere avoit fréquenté tous
ces rendez-vous d'efprit. Il y avoit
vû des abus du favoir, des ridicules, (& où n'en voit-on pas ?) Il
avoit généralifé les traits pour faire
un grand tableau. Il favoit trop
les régles de fon Art pour s'amufer à peindre des Particuliers ; petits portraits de famille qui ne paf-
fent point à la poftérité.

Le fuccès foutenu des *Femmes
Savantes* ne dépend ni du lieu, ni

du tems, ni des perſonnes. Qu'Armande ait été Mademoiſelle de *Scudery*, ou Mademoiſelle le *Févre*, on n'a pas beſoin de cette clef pour entrer dans le bon comique de la Piéce. Moliere n'a donc pas joué les perſonnes. Génie fécond, il laiſſoit ce petit moyen aux rimeurs ſtériles. Qu'on retranche les perſonnalités de ce phantôme de Comédie qui a grimacé, en montrant les dents, ſur notre Scène, que reſtera-t-il ? Suppoſons encore qu'on l'expoſe ſur un Théâtre de Province, où l'on n'aura que le bon ſens pour entendre, & le goût pour ſentir, quelle ſera la ſituation du Spectateur ? Il faudra l'avertir de rire. Cette précaution n'a pas été néceſſaire à

Paris, où les personnages joués font connus, où il y avoit des Spectateurs prédestinés à rire, & ou d'autres moins instruits ont ri par contagion. Boileau, dont on ne souffriroit pas aujourd'hui la licence quant au personnel, se procura un commentaire, de son vivant. Si l'Auteur des *Philoso-phes* veut jouir de sa gloire dans quelques années d'ici, on lui conseille de distribuer aux Spectateurs des exemplaires de la Piéce, avec de bonnes Notes marginales, afin d'être entendu.

Les prôneurs de cette méchan-ceté avouent le personnel ; parce qu'on ne peut pas disconvenir de l'amertume du fiel, quand on l'a dans la bouche; & ils sentent que

leur protégé a besoin d'apologie.
Ils fouillent dans tous les rôles des
Femmes Savantes, & ils voyent
nettement dans Vadius & Trissotin, *Ménage & l'Abbé Cotin*. La
malignité du Public a fait de tous
tems des applications auxquelles
les Auteurs n'ont pas pensé. Ménage étoit-il effectivement le *Vadius* de la Piéce ?

Dans les Mémoires sur la vie &
les Ouvrages de Moliere, on lit ces
mots : « *On prétend* que la que-
» relle de Trissotin & Vadius est
» copiée d'après ce qui se passa
» au Palais de Luxembourg chez
» *Mademoiselle*, entre deux Au-
» teurs du tems : ces deux Auteurs
» sont l'Abbé Cotin & Ménage.
Prétendre n'est pas assurer.

Un passage du *Bolæana*, page 34, nous apprend que « ce fut » Despréaux qui fournit à Mo- » liere l'idée de la Scène entre » Triffotin & Vadius ; que la » même Scène s'étoit paffée entre » l'Abbé Cotin & Gilles Boileau, » frere du Satyrique. «

Ménage n'y étoit donc pour rien.

M. de Vifé, qui commençoit juftement alors fon Mercure Galant, dit que la querelle entre Moliere lui-même & l'Abbé Cotin, avoit donné lieu à la Scène. Voilà encore Ménage hors de Cour & de procès.

Bayle, ordinairement fi exact dans fes critiques, n'ofe rien affurer.

Je fais pourtant que l'estimable Historien de l'Académie Françoise place décidément Ménage sur la Scène. La différence des avis laisse du moins le fait problématique; & Ménage pouvoit se rassurer, comme il le fit, contre l'application.

Il seroit à souhaiter pour la gloire de Moliere (je parle de la gloire morale, aussi précieuse que toute autre gloire), qu'on pût également le disculper à l'égard de Cotin. Cet Abbé qui exerçoit la charge de bel esprit juré & comme en titre d'office à l'Hôtel de Rambouillet, eut l'imprudence d'y offenser Moliere par quelques railleries piquantes. La vengeance entra dans le cœur du Poëte; & Cotin fut immolé

ſous le nom de Triſſotin. Le ridicule Sonnet ſur *la Fiévre*, le
ſot Madrigal *ſur le Carroſſe de
couleur amarante*, Moliere les prit
dans les Œuvres Galantes de l'Abbé, imprimées ſept ans auparavant;
& afin que les Spectateurs qui ne
liſoient pas n'euſſent rien à devi-
ner, il fit acheter un de ſes habits
pour en revêtir Triſſotin.

Si Moliere, plus maître de ſon
reſſentiment, eût ſupprimé cet habit, petite machine de vengeance
indigne d'un ſi grand homme ; ſi,
au lieu de prendre le Sonnet &
le Madrigal dans les Œuvres mêmes de Cotin, il en eût imaginé
d'auſſi ridicules, la Scène n'en eût
pas été moins bonne, & la Piéce
eût également réuſſi. Il en coûte

ſi peu d'être honnête, & il y a tant à gagner. Les amis même du Poëte trouvoient la vengeance trop cruelle. Le Poëte diſoit, pour ſe juſtifier, qu'il n'avoit point perdu Cotin, déjà livré au bras ſéculier ſous ſon propre nom dans les Satyres de Deſpréaux ; que c'étoit une victime publique que chacun avoit droit de frapper : fauſſe juſtification d'une inſulte par une autre. On ne lui pardonna cette noirceur qu'en conſidération du grand honneur qu'il avoit fait & qu'il continuoit de faire à la Nation. Quel titre produira le Satyrique des *Philoſophes* pour ſe faire pardonner ? Moliere ſe corrigea. Dans un ſi grand nombre de Piéces, & parmi tant d'originaux dont il pouvoit amufer le Public, Cotin fut la feule victime qu'il immola aux rifées du Théâtre. Le Public fit des applications à fon ordinaire, mais femblables à celles que l'on fait en écoutant un Sermon, & telles qu'elles doivent être pour corriger fans offenfer. Perfonne n'étoit caractérifé, n'étoit défigné. Le Duc de Montaufier ne fe reconnut point dans le rôle du *Mifanthrope* qui lui fut lû par l'Auteur même avant la repréfentation ; & d'ailleurs le rôle étoit fi honnête, qu'il feroit bien à fouhaiter qu'il y eût de pareils Mifanthropes dans toutes les Cours. On prétendit encore voir le *Tartufe* dans un des premiers Magiftrats. Mais il y avoit tant de Tartufes alors , encore plus qu'à préfent; & ce caractére étoit tracé avec tant de fageffe, que tous les Tartufes auroient dû fe corriger, fans que perfonne eût à fe plaindre.

Les Auteurs ne font refponfables des applications que lorfqu'ils les ont indiquées eux-mêmes. Dans la Piéce des *Philofophes* elles font affichées à chaque Scène. Tout eft clair, tout eft tranfparent; les vifages font à découvert. L'Auteur a-t-il cru reffembler à Moliere pour l'avoir imité feulement dans une faute, *la Scène de Cotin*, faute théâtrale auffi-bien que morale. Dans tous le refte des *Femmes Savantes* Moliere a travaillé pour les gens de goût & les ames honnêtes; lui pour la paffion qui ap-

plaudit à tout ce qui la flatte : Moliere pour l'immortalité ; lui pour
le moment : Moliere pour la gloire;
lui pour le plaifir d'offenfer. On
eft bien malheureux quand on ne
recueïlle d'autres fruits de fes travaux que la réputation d'un méchant homme, & une foule d'ennemis.

Cette Satyre, la même pour le
fond, avant que d'être préfentée
à un Théâtre qui devroit fervir de
modéle pour le goût, l'inftruction
& les amufemens innocens, a été
jouée à Nanci. C'eft une *Euménide*
déguifée en *Mufe*, qu'on promene
de ville en ville avec fes vipères.
Les perfonnages qu'elle attaqua
méritoient bien fa haine. C'étoit
une femme qui, en s'éclairant avec

Locke & *Newton*, & en faifant paffer *Leibnitz* dans le thréfor de nos fciences, confervoit les graces & la modeftie de fon fexe. C'étoit le Poëte & l'Hiftorien le plus célébre de l'Europe. C'étoit un Philofophe Orateur, qui étonne le génie, lors même qu'il foutient des paradoxes. Tels étoient les bouffons que le nouveau *Tabarin* avoit choifis. Les Pygmées, en déchirant les habits des Géans, croyent fe donner une exiftence. Pour parvenir à jouer la Piéce, on avoit furpris la Religion d'un Prince trop occupé du bonheur du Peuple pour veiller au Théâtre. Il y eut des rieurs à cette prétendue Comédie, parce qu'il y avoit des ennemis du mérite : mais le Prince fe fâcha.

Il voulut proscrire de son Académie un Zoïle qui pouvoit en flétrir la gloire & en troubler l'harmonie. Le décret de proscription étoit signé. Ou vit alors comment la Philosophie se venge. Ce fut le Philosophe joué qui employa son éloquence pour le coupable, & obtint sa grace ; & ce même Philosophe, sous une forme quadrupéde, est encore joué dans la Piéce rajeunie. Telle est la reconnoissance ; telles sont les vertus de ceux qui déclarent la guerre aux Philosophes & à la Philosophie.

Le venin de l'aspic n'est pas encore épuisé ; s'il est dans les Provinces, (il en est sans doute,) quelqu'Homme de Lettres qui se dispose à illustrer sa Patrie, il sera piqué.

piqué. L'Auteur, dans fa Satyre Bannale , ajuftera les rôles aux lieux & aux circonftances , comme il l'a déjà fait. Un Charlatan qui n'avoit qu'un poifon, le déguifoit felon le goût de ceux qui vouloient l'acheter.

Doit-on accorder tant de licence au Théâtre ? La queftion nous intéreffe tous. Je vous la fais à vous qui riez aujourd'hui, & dont on rira demain. Tous les ordres de l'Etat ont des vices & des ridicules, parce qu'ils font compofés d'hommes. Que le Sage qui n'en a point fe préfente, & nous lui dirons: allez habiter ailleurs, vous êtes trop parfait pour nous. Toutes les conditions offrent des originaux qui étant montrés fur le Théatre,

B

n'oferoient plus fe montrer ailleurs. On ira donc les chercher
dans les Armes, dans la Magif-
trature, dans le Miniftere, à la
Cour, ou dans le Sanctuaire, &
on les traduira fur la Scène pour
amufer le Public? Qui l'oferoit?
Un Auteur qui s'imagineroit qu'une
loi, pour être jufte & obfervée,
doit être égale pour tous les citoyens : un Auteur à qui la Philofophie paroîtroit auffi refpectable
que toute autre occupation de la
vie. Le beau fexe court ici les mêmes rifques. Il eft de l'urbanité
françoife de lui pardonner plus
de ridicules, plus de vices même,
parce qu'il a plus de graces. On ne
lui doit plus rien, fi l'honnêteté
publique eft impunément violée.

La fantafque inégale, qui hait le foir, ce qu'elle aimoit le matin : la femme de qualité à fourcil rehauffé, à morgue dominante : la bourgeoife ennuyeufe : la vaporeufe, fans mal, toujours malade : la dévote bilieufe, qui croit qu'aimer Dieu, c'eft haïr tout le monde : la fauffaire en dévotion,

Qui, fous un vain dehors d'auftere piété,
De fes crimes fecrets cherche l'impunité :

la femme fans honneur, qui ufe du droit reçu chez les Parifiens ,

Gens de douce nature & maris bons Chrétiens :

les Laïs , les Meffalines , tous ces perfonnages dont Defpréaux a tracé le catalogue, & que nous rencontrons dans les cercles; fans

leur dire: *nous vous connoiſſons,
beaux maſques*; nous le leur dirons au Spectacle en éclatant de
rire. Et ſi dans le nombre il s'en
étoit trouvé qui euſſent approuvé
& protégé la Satyre contre les
Philoſophes, quel droit auroient-
elles de ſe plaindre?

Les Athéniens, en riant aux
dépens de leurs citoyens les plus
illuſtres, rioient auſſi d'eux-mêmes. C'étoit du moins un eſprit
d'équité. Regardons-nous tous
tant que nous ſommes, & nous
aurons de quoi rire. Et ſi nous ne
voulons pas rire de nous-mêmes,
ou que l'on rie de nous, eſt-il à
propos de rire des autres?

L'exemple des Athéniens, mieux
que tous les raiſonnemens, peut

nous éclairer sur le parti que nous avons à prendre.

Après que la Comédie eut cessé de dire des bouffonneries & des injures aux passans du haut du Chariot de Thespis, *Eupolis* & *Cratinus*, deux Poëtes Comiques, reprenoient les vices personnels avec une extrême liberté dans des farces un peu moins grossieres.

Cette grossiereté disparut sous le talent d'*Aristophane*. Il donna plus de régularité à la Comédie : mais sans la rendre plus réservée pour les personnes. *Eschyle*, *Sophocle* & *Euripide* le blessoient des rayons de leur gloire : ils furent les premiers objets de ses plaisanteries ; Euripide, sur-tout, dont il parodioit les plus belles Scènes.

Il n'est rien qu'on ne puisse rendre ridicule en travestissant. Aristophane excelloit dans ce genre d'escrime, & le proverbe ancien, si déshonorant pour les Gens de Lettres, *qu'un bel esprit ne peut en souffrir un autre*, se vérifioit à la rigueur.

Il fallut varier la Scène. Il n'épargna pas plus les Orateurs que les Poëtes Tragiques. *Nicias* & *Démosthène* furent maltraités dans la Piéce des *Chevaliers*.

L'Astronome *Méton*, à qui nous avons d'anciennes obligations, vivoit plus avec le Ciel, qu'avec la Terre. Il ne fut pas en sûreté dans son observatoire. Les traits d'Aristophane y porterent *.

* Voyez la Comédie de la Paix.

Il ne pouvoit pas mordre fur les Ouvrages immortels de *Phidias*. Il imprima fa dent fur la probité du célébre Artifte. Il s'empara d'un bruit populaire, qui l'accufoit de n'avoir pas employé à la Statue de Pallas tout l'or que la République y avoit deftiné. Il accrédita ce bruit dans fa Comédie *des Oifeaux*, & l'envenima.

Plus les Athéniens s'amufoient des méchancetés d'Ariftophane, plus Ariftophane s'émancipoit. Les Philofophes avoient un grand crédit fur un Peuple qui cherchoit la fageffe au milieu de la folie, & qui fe piquoit d'être en tout le modéle des autres peuples. Ce crédit pourtant n'étoit pas univerfel. Les Sophiftes, les Superftitieux, & tous ceux qui profitoient de l'ignorance publique, ne pouvoient les fouffrir. Les Poëtes Comiques haiffoient auffi des Sages qui vouloient bannir du Théatre la Satyre & la Licence, des Sages encore qui s'attiroient trop de confidération. Socrate étoit admiré, fuivi, prefqu'adoré. L'Oracle de Delphes l'avoit déclaré le plus fage des Grecs. C'étoit un mauvais office que l'Oracle lui avoit rendu. Il expliqua cette canonifation avec autant d'efprit que de modeftie aux Athéniens : *Si je fuis plus fage que vous*, leur dit-il, *c'eft en ce que je ne fais rien, & crois ne rien favoir ; au lieu que vous, en ne fachant rien, vous croyez tout favoir.* Cette explication n'appaifa pas l'envie. Ariſtophane le ſavoit bien ; & Socrate étoit coupable. envers lui d'un grand crime : il n'alloit point à ſes Comédies ; au lieu qu'on le voyoit ſouvent aux Tragédies d'Euripide, qui étoient. autant de leçons de morale. Le Poëte crut qu'en attaquant ce Chef des Philoſophes, il les perçoit tous des mêmes traits ; & en ſervant la paſſion de beaucoup de gens, il ſatisfaiſoit ſa haine perſonnelle.

» Il eſt même vraiſemblable, dit
» Elien, qu'il ſe laiſſa corrompre
» par argent dans cette conjonc-
» ture ; car vû l'ardeur & l'em-
» preſſement des uns à calomnier
» Socrate ; vû la pauvreté & la
» méchanceté du Poëte, eſt-il
» étrange de croire qu'il ait reçu

B v

» de l'argent pour cette mauvaiſe
» affaire ? «

Quoi qu'il en ſoit, il compoſa
ſa fameuſe Comédie des *Nuées*,
qui fit l'entretien du Public deux
mois avant que d'être miſe au grand
jour. C'étoit la neuvieme année
de la guerre du Péloponnèſe. Les
affaires n'alloient pas bien. Athènes ſe voyoit menacée de perdre
ſa ſupériorité dans la Grèce ; &
au lieu de s'occuper des maux de
la patrie, on ne parloit que des
Philoſophes & *des Nuées*. Quand
verra-t-on les *Nuées ?* Ariſtophane trouva plus d'obſtacles à la repréſentation qu'il n'en avoit ima-
ginés. Socrate comptoit parmi ſes
Diſciples des gens du premier mé-
ite & de la plus haute naiſſance :

Platon, *Critias*, *Alcibiade*, & tant d'autres. Il fe trouva même parmi les Comédiens des Acteurs plus honnêtes que les Spectateurs. Ils refuferent leur rôle, en difant qu'ils ne s'étoient point engagés à divertir les méchans par des noirceurs. Athènes fut dans une telle rumeur, qu'un Courier apportant la nouvelle que l'Armée venoit d'être encore battue, on n'y fit pas attention. Les démêlés du Théâtre abforboient toutes les idées, qui s'entrochequoient avec fureur. Le Poëte ne favoit plus fi fa Piéce fe joueroit.

Anytus, *Mélitus* & *Lycon*, gens d'intrigue & de haine, dont les mœurs & les fuperftitions étoient condamnées par les prin-

cipes & la conduite des Philoſophes, formerent un parti en faveur de la Piéce. Des femmes que
les Philoſophes trouvoient fort
aimables, mais qu'ils n'avoient pas
jugé à propos d'initier dans la fu-
blimité de leur doctrine, grace
qu'ils n'avoient fait qu'à un petit
nombre, entrerent volontiers dans
cette cabale. Les Juges mêmes,
qui donnoient leur voix pour au-
toriſer ou proſcrire les Comédies,
furent gagnés. Mais pour donner
une couleur d'impartialité à leur
Jugement, ils y appellerent un
Poëte Tragique nommé *Jerôme*,
qui déclara en bonne forme que les
Nuées ne contenoient rien que
d'honnête, & qu'on pouvoit en per-
mettre la repréſentation.

Socrate se vit donc en bute aux risées de trente mille Spectateurs. Il pouvoit ne s'y pas voir, lui qui n'alloit jamais aux Comédies : mais il ne manquoit point d'occasion d'instruire ses concitoyens. Il falloit leur montrer un grand exemple de cette égalité d'ame qu'il enseignoit dans son Ecole, & il savoit bien que sa présence rendroit le Spectacle plus piquant. Un de ses principes étoit de plaire à ceux qu'on veut éclairer. On célébroit alors les *Dyonisiales*. Il y étoit accouru une grande multitude de Grecs étrangers, qui, au nom de Socrate si souvent répété, faisoient grand bruit dans l'Assemblée en demandant où étoit ce *Socrate*. La Piéce s'interrompoit. Socrate appaifa le tumulte en fe tenant de bout, tandis que le Socrate du Théâtre, avec un habit femblable au fien, & un mafque qui lui reffembloit parfaitement, le balotoit & le bernoit. Des amis qui environnoient le Philofophe le blâmerent de cette complaifance outrée. *Il me femble, leur dit-il, que je fuis à un feftin où l'on me fait l'honneur de s'amufer de moi. Pourquoi ne me prêterois-je pas à la bonne humeur des convives ?*

Mais Ariftophane ne fe contenta pas de le traduire en ridicule, il abufa de fes principes pour le rendre odieux.

Socrate, pour faire fentir aux Athéniens combien peu il y avoit

de vérités, les embarraſſoit ſouvent par un enchaînement de queftions, & les faiſoit douter de
bien des choſes qu'ils avoient crû
vraies. Dans la Piéce, il enſeigne
à Strepſiade le moyen de payer ſes
detres, ſans qu'il en coûte rien. Je
laiſſe la façon d'amener cette belle
conſéquence & les plaiſanteries.
Fauſſes plaiſanteries que le Par-
terre prenoit pour véritables.

Socrate avoit dit que les pères
corrigent leurs enfans, parce qu'ils
les aiment. Là-deſſus Phidippide,
apprentif Philoſophe, bat ſon pére,
& lui ſoutient de ſang froid qu'il
a fait une bonne action, en lui
prouvant ſon amour; & il ajoûte
que les vieillards ſont doublement
enfans, & qu'ils méritent d'autant

plus d'être châtiés, que leurs fautes
font d'une plus grande conféquen-
ce.

Socrate exigeoit de fes Difciples
une profonde contemplation , jufqu'à oublier pendant fa leçon tout
ce qui fe paffoit autour d'eux.........
» Hier nous n'avions rien à fou-
» per, « dit le Valet du Philofophe dans une Scène .... *
*Cela eft fâcheux , reprend Strep-
fiade ; comment vôtre Maître fe
tira-t-il de cette affaire-là ?*
» Il répandit de la pouffiere fur
» la table , & tandis qu'il amufoit
» fes Auditeurs avec un Compas
» d'une main , de l'autre avec un
» Fer recourbé , il décrocha fub-
» tilement un Manteau que j'allai
» vendre , & nous foupâmes. «

Ce tour de filou fi oppofé aux mœurs du Philofophe, cette plaifanterie étoit bien froide & bien plate : mais on avoit juré de rire.

Le Poëte lui gardoit un dernier trait le plus fanglant de tous. Tous les Poëtes Comiques, de concert avec les Prêtres, jettoient l'idée d'Athéifme fur les Philofophes, pour les perdre. Les Magiftrats mêmes, étourdis par tant de clameurs, paroiffoient craindre pour les myfteres. Ariftophane n'avoit point de religion. Il feignit d'avoir celle du pays, afin d'en paroître le vengeur.

Socrate parloit fouvent d'un Génie qui l'infpiroit. Par ce Génie il n'entendoit autre chofe que la raifon perfectionnée par la Philofophie. Le Poëte, au lieu d'un Génie, lui en prêta plufieurs qu'il rendoit fort ridicules, pour les fubftituer aux Dieux d'Athènes.

Socrate avoit expliqué phyfique-ment plufieurs phénomèmes de la nature, la pluie, la grêle, le tonnerre, fans l'intervention des Dieux ; parce que donner pour tou-te réponfe la volonté des Dieux, ce n'étoit, ni philofopher, ni s'inftruire. Socrate recouroit aux *Nuées*, & il en faifoit fortir les phénomènes. Le Poëte eut beau jeu vis-à-vis des Conjurés & des Sots. Il donna les *Nuées* pour les feules Divinités de Socrate. Il lui fait dire *que ce font les Nuées feules qui donnent la pluie, & qu'on a jamais vû Jupiter pleu-*

voir sans elles. On voit ces nouvelles Déesses descendre de leurs
Machines sur le Théâtre, y prendre toutes sortes de formes, &
recevoir les adorations de Socrate
& de son Ecole.

Socrate, choqué de l'absurdité
& de l'impiété du Polythéisme,
sans manquer de respect en Public
aux Dieux de la Grèce, enseignoit
dans le particulier l'unité de Dieu.
Strepsiade, qui ne cherchoit dans
la Philosophie qu'un moyen de ne
pas payer ses dettes, revient sur
la Scène ; & le serment qu'il a fait
à ses Créanciers l'embarrasse un
peu . . . . *Par quel Dieu
avez-vous juré*, lui dit Socrate . . . . . ? Par Jupiter, répond
le Bourgeois . . . . *Pauvre*

esprit, reprend Socrate, *il n'y a ni Jupiter, ni Minerve, ni Vénus, ni Apollon.*

Il faut convenir que fi Socrate avoit enfeigné cette bonne doctrine dans le Public, il auroit donné lieu aux accufations & aux farcafmes d'Ariftophane. Mais il alloit à toutes les Fêtes, à tous les Myfteres, & il y affiftoit plus férieufement, plus religieufement que tous ceux qui l'accufoient d'Athéifme, parce qu'il y adoroit la fource des Etres, toute-puiffante, toute fage, toute féconde, toute lumineufe, fous les noms de Jupiter, de Minerve, de Vénus & d'Apollon: au lieu que les autres, malgré le préjugé de l'éducation, devoient être au moins chancelans dans leur foi. Ce refpect extérieur eft tout ce que peut exiger la Religion publique, lorfqu'elle eft fauffe. Il fe gardoit bien d'infulter au culte reçu. Il tança vivement Alcibiade & quelques autres de fes jeunes Difciples, qui, après une débauche nocturne, chauds de vin, mutilerent en courant les rues, quelques Statues des Dieux, dont ils reconnoiffoient la fauffeté depuis quelques jours.

Mais Ariftophane fe mettoit peu en peine d'appuyer fur la vérité. Vrai Sophifte fur les Planches, il ne montroit qu'un côté d'un objet, cachant avec foin tous ceux d'où la lumiere pouvoit fortir. Il bar-bouilloit fes perfonnages pour les rendre ridicules; & ceux qui l'étoient par eux-mêmes, il ne les épargnoit pas : moins coupable encore s'il ne les eût pas noircis des couleurs du crime.

C'eft ainfi qu'il prenoit pour fes bouffons tantôt des Poëtes Tragiques, tantôt des Orateurs, tantôt des Philofophes, fans épargner ni Euripide, ni Démofthène, ni Socrate, les lumieres de la Grèce; & les Athéniens, grands rieurs de profeffion, trouvoient tout cela fort plaifant.

Les Militaires difoient, quel mal y a-t-il à s'amufer des Gens de Lettres ? Il féroit bien fingulier qu'on les ménageât autant que nous.

Les Prêtres s'écrioient : non-feulement il n'y a point de mal à

les jouer, les Philofophes fur-tout ;
il y a même un grand bien. Si on
les en croyoit, on ne feroit plus
d'offrandes aux Dieux : ils ne par-
lent que d'un feul Etre qui donne
tout, & qui n'a befoin de rien. Ils
ne vantent que la pureté du cœur
& une philanthropie univerfelle.
Ils nous perfuaderont bientôt
qu'il n'y a plus de Barbares, &
qu'il faut être humain envers les
Perfes.

Les Magiftrats, fans fe conduire
par les mêmes principes, étoient
du même avis. Ils ne voyoient
aucun danger à traveftir en bouffons des Gens qui n'avoient ni
charges, ni dignités, ni richeffes.

Ceux qui gouvernoient, étoient
ravis que le Public s'occupât des

plaifanteries du Théâtre , plutôt
que du gouvernement.

Les Grands qui formoient la
Cour de l'Archonte , difoient :
toute la République aime à rire.
Il faut bien qu'on rie de quelqu'un;
& quand on rit des Sages, le plaifir
eft plus piquant.

L'Archonte lui-même fe tran-
quillifoit fur ce raifonnement : ce
font des Gens de Lettres que l'on
joue ; & c'eft un Homme de Lettres qui les joue. Devons - nous
plus les ménager qu'ils ne fe mé-
nagent eux-mêmes? Ils doivent fe
connoître ; laiffons les faire.

Les Femmes qui n'alloient point
entendre les Philofophes , qui ne
connoiffoient rien aux principes
de Socrate , ne fentoient pas les
plaifanteries

plaifanteries qu'Ariftophane avoit femées dans la Piéce des *Nuées*; elles n'en rioient pas moins. Mais, après le Spectacle, elles fe firent expliquer ce qui les avoit fait rire; & aux repréfentations fuivantes elle rirent beaucoup plus, afin de paroître inftruites.

Quant au Peuple:(car le Peuple d'Athènes étoit affez confidéré pour avoir fa place à des Spectacles où l'on ne payoit point : c'étoit dans un Cirque découvert, dont nos plus grandes Salles théâtrales n'auroient pas formé un feul portique ; de ces portiques où l'on fe retiroit en cas de mauvais tems: la grandeur Athénienne , tant pour l'efpace, que pour la décoration, étoit peinte dans ce Cirque ;

& cette petite République, qui donnoit les Spectacles avec tant de pompe & de générosité, n'avoit pas plus d'étendue qu'une de nos Provinces :) le Peuple s'amusa infiniment de la figure de Socrate, que les faiſeurs de maſques avoient parfaitement imitée ; & de quelques groſſes plaiſanteries, telle que celle du Manteau filouté ; & en général la Piéce fut plus applaudie que ne l'avoient été les excellentes Tragédies de Sophocle & d'Euripide. Les Juges nommés par la République pour décider avec les Spectateurs du mérite des Piéces, furent obligés, par la proclamation générale, de couronner Ariſtophane. On ne parloit que de la gloire du Poëte.

Mais, qu'arriva-t-il ? Enyvré d'un fuccès fi éclatant, il chercha de nouveaux triomphes : il jetta les yeux fur tous les perfonnages qui pouvoient amufer la ville. Il commença par les Juges qui avoient couronné fa Piéce. Ces Juges, quelque tems auparavant, avoient accordé le Théâtre à une Comédie affez plate, préférablement à la fienne. Cette préférence, malgré fa gloire préfente, le bleffoit encore. Il les fiffla fur la délicateffe de leur goût.

Il n'oublia pas le Poëte Jerôme, qui avoit déterminé les Juges en fa faveur. Ce Tragique, dont on ne nous a pas confervé les Piéces, étoit extraordinaire dans fes imaginations. Il vifoit au terrible &

s'attiroit des applaudiſſemens. Il avoit une grande & noire chevelure. Un Villageois veut ſe déguiſer en gueux, dans les *Acharniens* *, pour exciter la pitié. .... *Pourquoi tant de détours*, dit le Chœur, *prenez-moi le caſque infernal du Poëte Jerôme, & parlez comme un Siſyphe.*

Après de tels préludes, on devoit s'attendre à tout. Il y avoit dans Athènes, durant la longue guerre du Péloponnèſe, des femmes qui cherchoient à ſe conſoler de l'abſence de leurs maris, des femmes ſtériles qui ſuppoſoient des enfans : d'autres qui avoient mal pris leur tems pour être fé-

---

* Comédie d'Ariſtophane.

condes, & qui fupprimoient leur fruit : d'autres qui trafiquoient de leurs charmes, avec ceux qui gouvernoient. Il y avoit auffi des empoifonneufes, des Phédres, & des facriléges, qui voyoient leurs amans déguifés en femmes dans les myfteres mêmes de Cérès. Toutes ces femmes du haut parage n'étoient que foupçonnées. Le Poëte les défigna. Il les paffa toutes en bloc au gros fas de la Satyre *, réfervant le plus fin pour les hommes.

Lyficlès, de Vendeur de Moutons étoit devenu *Quefteur*, ou Tréforier de la République. Il difputoit de magnificence avec les premiers d'Athènes, qui lui faifoient

____

* Dans la Comédie des Fêtes de Cérès.

une efpéce de Cour, parce que fa table étoit délicate, & fa bourfe toujours ouverte à ceux qui le flattoient. Il fut hué dans les *Chevaliers*.

L'efféminé *Clifthène* menoit une vie indigne de fa naiffance. Il n'avoit jamais porté les armes, ni cultivé aucune fcience. Tout fon mérite, étoit un goût exquis pour la parure, pour les parfums dans les bains chauds, & une légereté de converfation qui amufoit tous les cercles oififs. On le voyoit toujours avec des Danfeufes ou des Femmes de qualité. Celles-ci fe l'arrachoient, comme l'Homme à la mode. Il fut berné, la quenouille à la main, dans la Piéce des *Oifeaux*.

Le lâche *Pifander* étoit d'une taille fort avantageufe ; il portoit une triple aigrette , & de très-belles armes, afin de fe donner un air de Héros : mais il avoit jetté fes armes dans un combat. Il fut baffoué fur le Théâtre, & marqué, pour ainfi dire, d'un fer brûlant, à la vûe de tout un Peuple fier & moqueur, qui tourna fa lâcheté en proverbe : *plus poltron que Pifander* *.

Alcibiade n'étoit pas encore parvenu à la grandeur qui l'attendoit : mais il en prenoit déjà le chemin ; & quoiqu'il fût volup-tueux, aimé de toutes les femmes, redouté de tous les maris , mêlant

---

* Voyez *Lyfiftrata*.

la Philofophie à la débauche , la molleſſe aux travaux de la guerre , trop entreprenant peut-être , quelquefois plus heureux que ſage, il méritoit bien d'être ménagé. Il ſentit l'aiguillon d'Ariſtophane * : ce qui le piqua d'autant plus , qu'ami de la plaiſanterie, il s'étoit fait craindre lui-même par les bons mots.

Juſques-là ce n'étoit que des Particuliers qu'Ariſtophane jouoit. Les perſonnages publics eurent leur tour.

Amphitéus , Magiſtrat du Prytanée, parloit ſouvent de ſa généalogie. Il étoit iſſu du ſang des Dieux , & il n'avoit pas un ſou.

---

* Dans les *Guêpes* & les *Oiſeaux*.

Le Peuple s'amufa beaucoup de ce perfonnage, qui fembloit l'infulter par fes airs de hauteur*.

Des Ambaffadeurs d'Athènes, députés depuis douze ans à la Cour du Roi de Perfe, venoient d'arriver. Ariftophane les met fur la Scène **, où ils rendent compte de leur ambaffade : ils difent qu'ils ont beaucoup fouffert en chemin ; qu'on les a parfaitement bien reçus ; qu'ils ont beaucoup bû & mangé pour fe diftinguer auprès des Perfes, qui n'eftiment que ceux qui boivent & mangent beaucoup ; & que ce qui a retardé leur retour, c'eft la quantité des grands repas,

---

* Voyez les *Acharniens.*

** Voyez la même Piéce.

C v

où ils ont été obligés de repréfen-
ter, pour faire honneur à la République . . . . *Fort bien*,
reprend le Peuple ; *mais le Roi
de Perfe nous envoie-t-il le fecours
que nous demandons contre les
Lacédémoniens* . . . . . . ? Non :
mais voici un Satrape de fa Cour,
n'épargnez rien pour le bien traiter.

Cette guerre du Péloponnèfe,
dont le fuccès devenoit fort dou-
teux , commençoit à déplaire aux
Athéniens. Le Poëte fentit qu'il
pouvoit fronder impunément les
Généraux. *Lamachus*, malgré fa
dignité & fes exploits dans un tems
plus heureux , reçut des nazardes
à côté des Ambaffadeurs. Un Bourgeois d'Acharnes, perfonnage de

la Piéce, après lui avoir reproché de s'être élevé au généralat plutôt par la voie de l'argent que par celle du mérite ; d'avoir féduit le Sénat pour prolonger la guerre en vûe de fon intérêt particulier, dit que pour lui il a figné fa paix avec Lacédémone ; & graces à Jupiter, ajoute-t-il, me voilà délivré des miferes, des inquiétudes & des *Lamachus.*

Cléon afpiroit au généralat, & il redoutoit les Brocards d'Ariftophane. Il effaya d'en tarir la fource. Il affecta un grand zéle pour la gloire de Lamachus offenfé. Il harangua de maifon en maifon. Il invoqua les loix. Il accufa le Poëte d'avoir livré les premiers Citoyens, la République, fes Ambaffadeurs,

& son Général, à la risée du Peuple & des Etrangers : crime d'Etat, disoit-il; & c'en étoit un. Les Magistrats alloient condamner Aristophane : mais le Peuple qui partageoit les Jugemens aussi-bien que le Gouvernement, fut injuste par un sentiment de justice. On a permis, dit-il, de jouer les Poëtes Tragiques, les Orateurs & les Philosophes, dans la vue de les corriger par le ridicule. A la bonne heure, si ces gens-là ont des opinions dangereuses, comme vous nous le dites. Mais il est encore plus important de corriger ceux qui nous jugent, qui négocient pour nous, qui nous commandent & qui nous gouvernent. Ce n'est ni Euripide, ni Démosthène, ni

Socrate, qui peuvent répandre la difette ou l'abondance, nous jetter dans des guerres ruineufes ou avantageufes, nous ôter ou nous conferver notre liberté. La loi doit être égale. Les Chevaliers, qui détestoient Cléon, parce qu'ils ne pouvoient fouffrir qu'un homme fans naiffance, s'élevât au-deffus d'eux, fe joignirent au Peuple ; & l'accufé fortit victorieux du Jugement.

Cléon parvint au généralat ; & c'eft au comble de fa gloire qu'Ariftophane l'attendoit. Il étoit fils d'un Corroyeur ; Corroyeur lui-même dans fon premier état. Il s'étoit élevé par fon courage & fa capacité : mais en faifant les affaires de la République, il vouloit

faire encore mieux les ſiennes. Il
avoit reçu cinq talens de certains
Inſulaires , pour engager la République à diminuer leur tribut an-
nuel. Il détournoit à ſon profit les
deniers de la guerre. On ne ſavoit
ce que devenoit une partie des
contributions qu'on levoit ſur l'ennemi. Les Chevaliers l'accuſoient
même d'avoir volé un belle action
qui n'étoit pas à lui. Mais ce Peuple , flatté de voir un de ſes enfans
dans les premiers honneurs , &
de trouver un appui dans ſa perſonne , regardoit toutes ces accu-
ſations comme des traits de jalou-
ſie. Cléon , avec une voix forte
& impoſante , avoit un art mer-
veilleux de le gagner. Il le berçoit
d'Oracles prétendus ; il lui mar-

quoit de grands égards ; il lui faifoit des largeffes, & il étoit prefque
le maître de l'Etat.

Il y avoit du danger à jouer un
tel homme. Aucun Comédien n'o-
fa fe charger du rôle. Aucun Ou-
vrier ne voulut faire un mafque
reffemblant à l'Original. Ariftophane monta pour la premiere
fois fur le Théâtre ; & le vifage
barbouillé de lie, il fe fit le bouffon
de fa Piéce des *Chevaliers*, fous
le nom de Cléon. Tout fut parodié
avec charge dans le Général Athé-
nien ; fa voix un peu rauque, fon
ton, fon air, fes geftes, fa dé-
marche. Tout fut envenimé, fa
popularité, fon élévation, fon
adminiftration dans le thréfor de
l'Armée, fon amour pour les pré-

sens, ses actions, sa valeur : sa naissance même ne fut pas épargnée ; tout ce qu'il avoit de bon, les boucliers de Pyle pris sur l'ennemi, la discipline qu'il avoit ranimée, les largesses dont il avoit gratifié le Peuple, *tout sentoit le cuir* : plaisanterie bien plate & bien déplacée dans une République où le mérite seul devoit décider ; plus déplacée encore dans la bouche du Poëte, qui étoit lui-même d'une naissance fort obscure, & ne s'en estimoit pas moins.

Dès ce moment il n'y eut plus rien de sacré pour lui. Périclès, qui a mérité de donner son nom à l'un des quatre beaux Siécles du Monde, ne pût échapper à sa méchanceté. On le pleuroit encore,

lorſque ſa mémoire fut inſultée
contre une loi poſitive qui défendoit de jouer les morts ; & le Satyrique le pourſuivit encore dans
ce qu'il avoit laiſſé de plus cher,
une Beauté célébre, qui, s'en-
nuyant de l'eſprit de ſon ſexe,
s'étoit tournée du côté des belles
connoiſſances ; & ſon génie, autant que ſes charmes, dit Plutarque, la rendirent l'Oracle des
Athéniens. Les Artiſtes diſtingués,
les Poëtes, les Philoſophes, les
Magiſtrats, les premiers Perſonnages de la République, tous ſe
faiſoient un honneur de la voir.
Socrate même ne dédaignoit pas
de lui faire ſa cour. Elle entroit
dans le gouvernement, ſans paroître ſe mêler de rien. Ariſtophane

fentit qu'il feroit plaifir aux autres femmes de jetter du ridicule & de la haine fur *Afpafie*. Il le fit ; & lorfqu'il la fiffla, elle étoit veuve du grand Périclès.

Il y avoit une loi qui défendoit de jouer fur le Théâtre le premier Magiftrat, *l'Archonte ;* comme fi la dignité de la République eût réfidé dans fa feule perfonne. Que fit le Poëte ? Aminias étoit Archonte lorfqu'il donna les *Nuées* pour la féconde fois. Il changea le nom d'*Aminias* en celui d'*Amunias*, & il eût les coudées franches.

On croyoit du moins qu'il refpecteroit la Religion, lui qui accufoit les Philofophes de n'en point avoir. On lui avoit trop permis, il ne connoiſſoit plus de frein. Les Prêtres, l'Hiérophante, les Myſteres, les Dieux, toute la Religion fut l'objet de ſes railleries & de ſon impiété. Tant d'excès d'inſolence ſeroient incroyables, ſi les monumens n'en reſtoient dans ſes Ouvrages.

Je n'imagine pas que ſes adorateurs veuillent le juſtifier du côté de la morale, ſur ce que Platon & Saint Jean Chryſoſtome ont paru en faire grand cas. Platon, il eſt vrai, envoya un Exemplaire d'*Ariſtophane* à Denys le Tyran, en l'exhortant à le lire avec attention : mais c'étoit pour lui préſenter des vérités dures, que perſonne n'auroit oſé lui dire dans ſa Cour. Pour S. Jean Chryſoſtome, qui le mettoit fous fon chevet, ce qu'Alexandre faifoit d'Homere à plus jufte titre, il ne confidéroit que l'Atticifme vif & mâle de ce mordant comique, fans penfer aux maux qui en avoient réfulté pour Athènes.

On imagine affez qu'un effain de petits Verfificateurs s'efforçoient d'imiter leur modèle. Ces Infectes du Parnaffe piquoient tout ce qu'ils rencontroient. Ariftophane les eût écrafés eux-mêmes, s'il ne les eût pas méprifés.

Il falloit quelqu'événement extraordinaire : quelque grande cataftrophe, pour arrêter ce torrent de licence dans une République où la liberté & l'envie de rire autorifoient tout, dans une ville qu'Ariſtophane avoit nommée ſur le Théâtre la *Ville des Sots* ; & on en avoit ri. Il y avoit même traité le Sénat d'Aſſemblée de Moutons * : & le Sénat avoit paſſé légérement ſur cette plaiſanterie bonne ou mauvaiſe.

La cataſtrophe arriva ſous l'Archonte Lachès. Ariſtophane, en jouant Socrate, n'avoit peut-être pas eu intention de le dévouer à la mort. Mais Anytus, Mélitus & Lycon, qui avoient mis en œuvre le fiel du Poëte, voyoient de loin. C'étoit de ces hommes pervers, qui, ſous le maſque de la vertu, veulent la perte du Sage, & y travaillent avec patience.

---

* Dans les Guêpes.

Ils reprirent tous les traits de la Piéce qui noircissoit Socrate. Le Peuple même en avoit retenu plusieurs. Les accusatïons du Théâtre passerent au Tribunal de la Justice. Socrate fut jugé comme un homme à sentimens singuliers, comme un séducteur éloquent, capable de changer le blanc en noir ; comme corrupteur de la jeunesse, comme un Philosophe Athée, qui nioit l'existence des Dieux ; & il but la cigüe.

Chacun sait les suites de cette mort ; le repentir subit & général de tous les Ordres : la Statue élevée à Socrate de la main du célébre Lysippe, le Socrateïon, Chapelle qui lui fut dédiée comme à un demi-Dieu, la vengeance qu'on tira de fes accufateurs, & l'horreur univerfelle pour tous ceux qui avoient trempé dans le crime. On leur refufoit le feu, les bains publics, & toute réponfe aux queftions qu'ils faifoient ; ce qui les jetta dans un tel défefpoir, que plufieurs fe firent mourir.

Si Ariftophane échappa au fupplice , c'eft qu'il plaida fa caufe devant le Peuple le plus médifant, le plus poli & le plus amateur des talens qui fut jamais. Il protefta qu'il n'avoit prétendu que rire, qu'il ne s'étoit point attendu à voir prendre fi férieufement des plaifanteries de Théâtre ; que ce n'étoit pas lui qui avoit traduit Socrate devant les Juges ; que fa Piéce, avant que d'être jouée, avoit été examinée & approuvée par les Juges des Jeux ; que s'il étoit coupable pour avoir joué Socrate , toute Athènes l'étoit pour s'en être amufée. Il n'y eut pas moyen de le punir : mais du moins, tant d'ennemis qu'il s'étoit faits, lui contefterent affez vivement fa qualité de Citoyen d'Attique, pour la rendre douteufe ; & au lieu que toutes les Villes fe difputoient la gloire d'avoir été le berceau d'Homere, aucune ne vouloit être la patrie d'Ariftophane. Il avoit vécu quelque tems à Rhodes ; les Rhodiens le rejettoient. Il avoit un peu de bien dans Egine : les Eginètes difoient qu'ils l'avoient toujours regardé comme Etranger. Enfin il s'avifa

de

de dire qu'il étoit du Bourg Cy-
dathénien ; & ce Village même se
défendit de lui avoir donné le jour.
Cette différence que la Grèce mit
entre Homere & Aristophane, doit
apprendre aux Ecrivains qu'une
plume sage assure bien mieux leur
gloire que la dent de la satyre.

La Comédie même devint odieu-
se aux Athéniens ; confondant
l'abus avec la chose, ils crioient
qu'il falloit la proscrire comme
une peste qui infectoit la République ; que la Tragédie suffisoit pour
amuser les Citoyens, en élevant
leur ame ; que si on n'avoit eu que
des Sophocle & des Euripide, Socrate vivroit encore, & personne
n'auroit à se plaindre. Les Magistrats persuadés que les Citoyens

D

regretteroient bientôt ce qu'ils profcrivoient dans le premier accès de leur douleur, penferent à re-fréner la Comédie fans la détruire. Ils auroient été bien plus fages, fi, pour cette police, il n'euffent pas attendu le plus grand crime qu'Athènes eût jamais commis.

Une loi défendit d'abord de nommer perfonne fur le Théâtre : mais la malignité poëtique trouva bientôt le fecret d'éluder la loi. Elle traça des caraéteres vrais & reconnoiffables. Quand les Por-traits reffemblent parfaitement, on ne s'avife gueres d'y afficher le nom.

Nouvelles clameurs de la part des perfonnes attaquées.

Les Magiftrats trompés dans

leur attente, firent un autre pas plus décifif. Ils avoient défendu les vrais noms. Ils défendirent encore les Sujets véritables, & l'attirail d'un cœur trop médifant; de maniere que les Poëtes fe virent réduits à la néceffité de produire fur la Scène des Sujets & des noms de pure invention.

Ce fut alors que la Comédie devint un miroir agréable & innocent de la vie humaine, comme dit Defpréaux.

Chacun peint avec art dans ce nouveau miroir,
S'y vit avec plaifir, ou crut ne s'y point voir.
L'Avare, des premiers, rit du tableau fidéle
D'un Avare, fouvent tracé fur fon modéle ;
Et mille fois un Fat, finement exprimé,
Méconnut le Portrait fur lui-même formé.

Telles furent les Comédies de

Ménandre chez les Grecs, de *Térence* à Rome, de *Congrève* à Londres, & de *Moliere* à Paris. C'eſt que Ménandre, Térence, Congréve & Moliere étoient d'honnêtes gens, bons Citoyens : Philoſophes autant que Poëtes, ils n'en vouloient qu'aux vices & jamais aux perſonnes; c'eſt que doués d'un vrai talent, ils n'avoient pas beſoin de la ſatyre perſonnelle pour ſe faire applaudir. Il ne faut pas croire que l'excluſion des perſonnalités rétréciſſe le Génie. Moliere a joué tout Paris & la Cour ſans offenſer perſonne.

Les loix de la nouvelle Comédie à Athènes furent ſi ſéveres, qu'Ariſtophane lui-même ſe corrigea, comme on le voit dans ſon

Plutus, où il parle très-peu du Gouvernement. Quelques Particuliers qu'il mord encore par un reste d'habitude, ne font qu'effleurés. S'il n'eût fait que des Piéces semblables à celle-ci, Plutarque ne nous auroit pas laissé un Jugement qui le flétrit, autant qu'il honore Ménandre. *La Muse d'Aristophane*, dit-il, *ressemble à une Femme effrontée, & celle de Ménandre à une honnête Femme.*

Voulons-nous préférer l'effronterie à l'honnêteté ? Dans le tems qu'Athènes souffroit tout d'Aristophane, la guerre du Péloponnèse mettoit la République dans le dernier danger ; & on eût dit qu'elle vouloit suivre le conseil d'Aristophane même : qu'*il falloit*

ſauver *Athènes par des Spectacles
très-mordans* *. Aurions-nous beſoin d'un pareil reméde ?

· **Nous** avons des loix contre les
Libelles diffamatoires. La diffa-
mation ſur le Théâtre eſt la plus
publique, la plus grande & la
plus criminelle de toutes. Celle
qui vient par la voie de *l'impreſ-*
ſion, n'eſt pas connue de tout le
monde ; parce que tout le monde
ne lit pas : mais tout le monde a
des oreilles pour entendre l'autre
qui appelle encore *l'impreſſion* à
ſa ſuite, qui s'en fait même pré-
céder. De petits Libelles périodiques ont préludé à la Piéce
des Philoſophes. On les tolere,

---

* Voyez ſes *Grenouilles*.

parce qu'on les croit fans con-
féquence. Il faut s'attendre, dit-
on , à la piqûre des infectes ,
qui ne vivent que de guerre.
Ils n'exifteroient pas fans leurs
petites méchancetés. Qu'ils pi-
quent donc, puifqu'on le veut :
mais un Auteur de Théâtre, qui
auroit la force comique de Moliere , & la caufticité de Boileau,
pourroit devenir un fléau public.
On a toujours vû les petits Auteurs
déchaînés contre les Philofophes,
comme les Charlatans contre les
Médecins : mais on n'avoit pas
encore permis à ces Charlatans
de monter fur le Théâtre, pour
vendre leurs Epigrammes à la
bonne Compagnie. C'eft au premier pas qu'il faut arrêter la licence

cynique. Ariftophane, avant que
de traiter cavalierement les Magiftrats, les Généraux, les Ar-
chontes & les Dieux, avoit joué
les Gens de Lettres.

Si les Philofophes ou d'autres
Ecrivains déclarent la guerre à la
Sageffe, il faut les combattre par
la raifon. Les plaifanteries de la
fcène ne répondront jamais à leurs
argumens. Nous avons des rivaux
dans l'Europe auffi jaloux de notre
gloire littéraire, que de notre
réputation dans les armes. Ils exa-
minent fur-tout quel progrès la
Philofophie a fait chez nous, &
comment les Philofophes y font
traités. Que Londres & Berlin apprennent que tous les honnêtes-
gens ont défapprouvé la Satyre

contre les Philofophes; que tous
les Connoiffeurs ont fecoué la tête;
que ceux qui s'en font amufés ne
voudroient aucun commerce avec
l'Auteur; que bien des gens même, outrés peut-être, ne lui ac-
cordent dans cette production aucune forte de mérite, en difant
qu'ils ont vû une méchante Piéce
d'un méchant Auteur; qu'ils n'ont
fenti qu'un fel acrimonieux, propre à bleffer le goût, l'écume de
l'efprit comique.

Londres a eu des Philofophes
qui fe font égarés dans leurs re-
cherches. Je n'en citerai qu'un.
Newton, par les calculs aftrono-
miques, a fait le Monde plus jeune
de cinq cens ans que l'Ecriture ne
le dit; & il prétendoit que les

Unitaires, Secte qu'il favorisoit, raisonnoient plus géométriquement que les *Trinitaires*. Si on se fût avisé de le jouer sur le Théâtre, ni l'Auteur, ni les Acteurs n'eussent été en sûreté contre l'indignation des Grands, & la fureur du Peuple. Des Savans le combattirent ; & ses erreurs ne l'empêcherent pas d'être Intendant des Monnoies , dans un Pays où l'on place les talens , ni de vivre dans la plus haute considération , ni d'être enterré dans le tombeau des Rois.

La Philosophie est si respectable, que personne n'ose s'en déclarer l'ennemi : mais on attaque les Philosophes ; personnages fort incommodes. Ont-ils tort ? On a bien de

la peine à les réduire, parce que
les affaillans perdent la tête dans
le combat. Ont-ils raifon ? C'eft
pis encore.

Les Philofophes joués fur notre Scène, ont du moins fait un
bien. Depuis qu'ils occupent le
Public, en attendant quelque nouvelle fermentation, quantité de
petits Ecrivains, quelques - uns
mêmes que le feu du Génie avoit
échauffés, font devenus dévots à
propos, & hors de propos. On a
lû des Actes de contrition fur des
Ouvrages honnêtes, applaudis
par les honnêtes gens. C'eft un
air, jufqu'à ce qu'on en prenne
un autre.

J'ai demandé au commence-
ment de ce Difcours fi l'honnêteté

publique a été bleffée dans la Piéce des Philofophes. L'Auteur, en fe faifant imprimer, a retranché deux vers peu dignes d'être retenus; en voici du moins le fens : *Nous chaffons les Philofophes, & nous ne vivrons plus qu'avec d'honnêtes gens.* Il a eu honte de ce trait d'impudence. S'il prend des mœurs, il rougira de tout l'Ouvrage. La Comédie Italienne du fiécle paffé étoit bien hardie * : elle refpecta pourtant les Perfonnes. Elle ne joua que les conditions.

Le danger de jouer les Perfonnes, eft auffi évident que la méchanceté de celui qui les joue.

---

* Voyez les Scènes Françoifes du Théâtre de Ghérardi.

Laissera-t-on distribuer ce poison? Si la Satyre, en se cachant, verse une goûte de fiel sur un *Grand*, aussitôt il crie à l'insulte, & tous ceux de sa sphére crient avec lui. Il est bientôt vengé; c'est justice. Les Philosophes ne se plaindront pas : mais l'honnêteté publique éléve la voix pour eux, plus encore pour tant de personnages réellement vicieux & ridicules, dont la licence du Théâtre pourroit faire des bouffons, si l'autorité ne l'arrête. Il est bien dangereux de laisser aux Particuliers le soin de leur vengeance. Avant Aristophane, Eupolis, dans sa Comédie des *Noyés*, déchira imprudemment des Athéniens plus puissans que lui. Les Magistrats ne firent qu'en rire. Eupolis fut noyé en pleine riviere, plus véritablement que ceux qu'il avoit noyés en plein Théâtre.

En finiſſant ce Diſcours, j'apprends qu'on joue l'*Ecoſſoiſe*. Le Public perd ſa réputation. Applaudir des mains & des pieds *à un Roman mal imaginé, ſans ſel, ſans gaîté, ſans traits approfondis, ſans caractéres marqués !* S'amuſer *d'un tiſſu d'invraiſemblances, d'un fatras d'abſurdités, de mauvaiſes plaiſanteries, de pitoyables jeux de mots,* &c ! * C'eſt le Ju-

* Voyez l'Année Littéraire, Lettre IV. Tom. IV. 1760.

gement de l'infatigable Ariſtarque de Quimper, qui prononce ſur plus d'Ouvrages en un mois, que *Dandin* ne jugea de procès dans toute ſa vie.

Si le Public s'intéreſſoit aux Philoſophes, à leurs productions, & à tout ce qui peut humilier l'envie, je croirois qu'un zèle condamnable corrompt ſon goût: mais je le ſoupçonne d'avoir trouvé dans l'*Ecoſſoiſe*, ce qui n'eſt pas dans la Piéce des *Philoſophes*, de l'action, de la chaleur & de l'intérêt. Sans doute M. *Hume*, Poëte-Philoſophe, bien différent d'un compilateur d'Epigrammes, connoît la nature humaine & la peint. Sa Comédie, qu'on ſavoit par cœur, avant qu'elle fût ſur la

Scène, a paru toute neuve. Elle amusera encore le Public, lorsque la Piéce des Philosophes sera enfevelie dans. l'oubli. Puisse-t-on également oublier qu'il fût un moment de délire où, dans la patrie des *Montesquieu* & des *Voltaire*, les *abboyemens des Chiens de Saint-Medard* *, & les croassemens des Corbeaux de la Gaule **, ont passé pour des Oracles.

Les ténébres commencent à se dissiper : mais ne sçauroit-on faire le bien sans y mêler le mal ? La lumiere, en nous arrivant de Genève à chaque poste, blesse tou-

---

* Voyez le Russe à Paris.

* * Les Gaulois, dans leur tems d'ignorance, choisissoient des Corbeaux pour vuider leurs différends.

jours quelqu'un de nos Citoyens. L'*Ecossoise*, par exemple, traduite aux portes de cette Ville Suisse, n'est pas en tout un amusement innocent, tel que la Comédie devroit toujours être. Un grand Ecrivain de petites feuilles y est personnellement joué; & quoiqu'il ait juré avant la représentation (car il jure aisément, dit M. Hume,) qu'il n'y seroit point reconnu, chacun le montre au doigt. Il s'est trompé sur cet article, aussi-bien que sur le succès de la Piéce. Mais les erreurs fréquentes où la fragilité humaine le fait tomber, ne donnent pas le droit de l'outrager. Monsieur *Wasp* *

---

* *Wasp*, mot Anglois, qui signifie Guêpe.

n'eſt pas ſeulement ridicule, il eſt noir; & ſi l'original étoit rendu trait pour trait, au lieu de s'en tenir aux *huées*, il faudroit le punir. M. Hume ! vous avez tort; d'autant plus tort , qu'Hercule n'employoit pas ſa Maſſue à écraſer des Guêpes.

Voilà donc, en peu de tems, deux Comédies perſonnelles. Il y a pourtant cette différence entre les deux, que la premiere ne ſe ſoutient que ſur les perſonnalités; la ſeconde, riche de ſon propre fonds, n'en a pas beſoin. Qu'on la débarraſſe de *Monſieur Waſp*, ou que *Monſieur Waſp* ſoit tout-à-fait Anglois : elle n'en plaira pas moins.

Deux Comédies perſonnelles

fur le même Théâtre en trois mois! Citoyens, en quelque rang que vous foyez, prenez garde à vous. L'Ordre des Lettrés, qui gouverne à la Chine dans la plus grande union, & qui rampe en France dans la difcorde, fe laffera peut-être de fe déchirer lui-même. Sur qui fe jettera-t-il?

F I N.